EL BARCO
DE VAPOR

La gota de lluvia que tenía miedo

Jordi Sierra i Fabra

Ilustraciones de Betania Zacarias

LITERATURA**SM**•COM

Primera edición: septiembre de 2017

Gerencia editorial: Gabriel Brandariz
Coordinación editorial: Carolina Pérez
Coordinación gráfica: Lara Peces

© del texto: Jordi Sierra i Fabra, 2017
© de las ilustraciones: Betania Zacarias, 2017
© Ediciones SM, 2017
  Impresores, 2
  Parque Empresarial Prado del Espino
  28660 Boadilla del Monte (Madrid)
  www.grupo-sm.com

ATENCIÓN AL CLIENTE
Tel.: 902 121 323 / 912 080 403
e-mail: clientes@grupo-sm.com

ISBN: 978-84-675-9397-6
Depósito legal: M-5183-2017
Impreso en la UE / *Printed in EU*

Este libro está dedicado
a Evaristo Bravo y Mario Aragón,
que un día al año son mis cómplices.

Fijaos que, cuando no llueve,
todo el mundo se va secando.
La vida es lo que el agua mueve.
Sin ella, todo va acabando.

Sin lluvia, ¿qué haríamos?
De la primavera al invierno,
todos juntos sufriríamos.
Vivir sería un infierno.

Por eso, cuando llora el cielo,
como un regalo es la vida.
El agua es el gran anhelo,
la bendición más querida.

10

Ahora, con vuestro permiso,
toca contar una historia.
Este es mi compromiso.
Yo la guardo en la memoria.

En un valle de montaña,
hacía tanto que no llovía
que, al llegar cada mañana,
todo de sed moría.

La sequía era muy larga,
bajo el sol implacable.
La espera se hacía larga.
Ya nada era agradable.

Ninguna nube en el horizonte.
Ni rastro de humedad.
Los animales en el monte
sufrían de sed sin piedad.

Plantas y árboles secos.
La angustia en el aire flotando.
Silencios sin ecos.
La naturaleza quebrando.

Hasta que una noche, por fin,
el viento la lluvia anunció.
De uno a otro confín,
todo el mundo la esperó.

Gruesas nubes llegaron
al tiempo que amanecía.
Animales y plantas suspiraron;
la sed no los mataría.

El cielo negro cerrado;
en pleno día, noche oscura.
El bosque esperaba angustiado
que lloviera por ventura.

Nubes gigantes abrieron compuertas.
Las gotas de agua, a millones,
saltaron con sus alas abiertas
para regar todos los rincones.

Tres días de lluvia intensa.
Tres noches de rayos y truenos.
Una cantidad de agua inmensa.
Un diluvio de los buenos.

Las gotas, disciplinadas,
haciendo olas se lanzaban.
Todas a una, apretadas,
con gran coraje saltaban.

21

Con el trabajo acabado
y cada nube exprimida,
hora de irse a otro lado
y regalar nueva vida.

El viento, soplando imponente,
a las nubes empujaba.
El sol ya brillaba valiente.
La tempestad se alejaba.

Se fue la nube principal,
bien seca la pobrecilla.
No era nada casual
que, más que nube, fuese nubecilla.

De repente, ¡qué sorpresa!,
una gota oculta y perdida.
Tan quieta, parecía presa,
en un rincón abatida.

«¿Qué haces aquí, gotita?
–pregunta la nube extrañada–.
Tan y tan escondidita
que no has saltado alada».

«Tengo miedo –dice espantada–.
Me haré daño si doy el salto.
Me romperé en una escarpada
si me lanzo desde tan alto».

«Pero ¿qué dices?, ¿bien he oído?
¡Es tu destino tirarte!
De mí todas han salido.
¡No puedes escaparte!».

«¡No y no! –llora la gota–.
El vértigo me hace temblar.
Una gota de más no se nota.
¡No me obligues a saltar!».

«¿Qué haremos si esto se sabe?
Sería un mal precedente.
¿A qué cabeza le cabe?»,
se niega la nube insistente.

«Pues yo no pienso obedecerte.
A morir tan joven me niego.
¿Cómo voy a creerte?
Si me lanzo, ¡me la pego!».

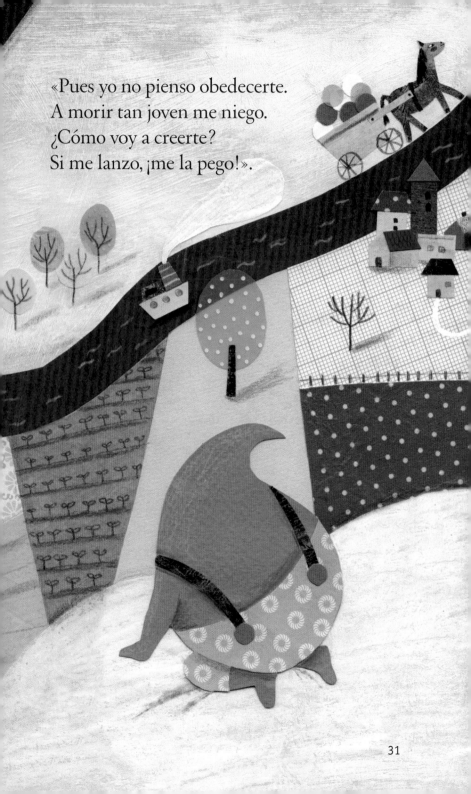

¡Qué lío, madre mía!
Del valle ya se han alejado.
Hoy puede ser un mal día.
¡Una gota no ha saltado!

¡Se ha vuelto loco el mundo!
¿Cómo a la gota convencer?
¿Pedirle que salte en un segundo,
si el miedo no puede vencer?

Al ver una montaña nevada,
una idea la nube tiene.
Le dice a la gota animada,
al saber lo que le conviene:

«¡Salta cuando te lo ordene!
¡Confía en mí y no te romperás!
Haré que la naturaleza te frene.
¡Hazme caso, ya lo verás!».

35

«No puedo creerte –llora ella–.
Quieres engañarme, ya lo sé.
¿Cómo no voy a hacerme mella,
si de tan alto caeré?».

«¡No has de tener cuidado!
¡Salta a la de tres!
Caerás con plácido agrado.
Ni siquiera tendrás estrés».

37

La nieve se aproximaba.
La cima muy cerca se veía.
La gota llorando estaba,
ante su último día.

«Un, dos, tres... ¡Salta ya!
–grita la nube persistente–.
Tírate de cabeza, va.
Vivirás eternamente».

39

Resignada, la gota dio el salto.
En la gran nube creyó.
Y cayendo desde lo alto,
esto es lo que sucedió:

Primero, la caída fue fuerte.
El impacto era inminente.
La gota se vio ante la muerte
por saltar tan valiente.

Entonces, gritó enfadada:
«¡Me has dicho una mentira!».
Caía desconsolada,
atrapada por la ira.

Pero de pronto cambió.
Dejó de ser lo que era.
En copo de nieve se convirtió,
redondito como una esfera.

Cayó al suelo flotando,
sobre la cumbre de hielo.
Dulcemente, suspirando,
dando gracias al cielo.

Miró a su salvadora,
que lentamente se alejaba.
No había llegado su hora.
Una vida le quedaba.

«¡Gracias, nube, por ser tan sabia!
¡Aquí por siempre estaré!
¡Nunca voy a sentir rabia,
un copito yo seré!».

Si vais por aquella montaña,
tened cuidado de no pisar
al copito que con buena maña
en la cima se fue a quedar.

47

Esta es, pues, la historia
que os quería explicar.
Guardadla en la memoria.
¡No la podéis olvidar!

TE CUENTO QUE BETANIA ZACARIAS...

... nació un viernes de otoño en un pueblo con calles de tierra y eucaliptos, justo a mitad de camino entre la ciudad y el campo. Siempre le gustaron los días de lluvia, salir a jugar con sus botas rojas y hacer montañas de flores azules de jacaranda. Le encanta el mar, el sonido de las olas y su movimiento. Hoy tiene la fortuna de vivir entre la montaña y el mar, en Barcelona. Trabaja en medio de montones de papeles de todo tipo: lisos, rayados, con lunares, estampados... En su mesa nunca falta una taza de té rojo y en sus dibujos nunca sobra el color azul.

Betania Zacarias es una ilustradora y diseñadora gráfica nacida en Argentina y residente en Barcelona. Estudió en la Universidad de Buenos Aires, donde además fue docente. Trabajó como diseñadora gráfica en varios estudios de Buenos Aires y Barcelona, antes de dedicarse de lleno a la ilustración. Actualmente trabaja como ilustradora y como docente, dictando sus propios talleres para niños y adultos.

TE CUENTO QUE JORDI SIERRA I FABRA...

... tiene alma de poeta, aunque lo suyo son los cuentos y las novelas largas. Lo que sucede es que él adora esta historia. «La gota de lluvia que tenía miedo» fue el primer cuento que escribió, hace muchos muchos años, y ahora lo ha reescrito, pero esta vez... ¡en verso! Es una manera de rendirle homenaje tanto a su cuento como a la poesía, que nos hace siempre mejores.

Jordi Sierra i Fabra nació en Barcelona en 1947. Tras una brillante carrera en el mundo del periodismo musical, decidió dedicarse de lleno a la literatura. A juzgar por su currículum, plagado de títulos, premios y enormes cifras de ventas, su decisión fue acertada.

Si te ha gustado este libro, visita

LITERATURA**SM**•COM

Allí encontrarás:

- Un montón de libros.
- Juegos, descargables y vídeos.
- Concursos, sorteos y propuestas de eventos.

¡Y mucho más!

Para padres y profesores

- Noticias de actualidad, redes sociales y suscripción al boletín.
- Propuestas de animación a la lectura.
- Fichas de recursos didácticos y actividades.